JN118261

大田美和詩集

二〇〇四―二〇二一

北冬舎

大田美和詩集二〇〇四―二〇二一＊目次

Ⅰ

Ⅱ

III　恋愛萌芽研究詩集

V

装丁＝大原信泉

大田美和詩集二〇〇四―二〇二一

I

あ・い

あいたいと　いって　あえるか　あえないか
あえば　あやかな　あさはかな　あい

引き出しにセファクロル
あと一錠だけ。
隣町の病院が
あいててよかった
と言うと
「しめてはいけないと
通達が出ていますので」
そよ風の老顔がほほ笑む。

六月の庭で
あ・いた。
と青虫を見つけるのが楽しみで
あ・いた。
と金柑の青ざめた棘に刺される。
あ・いたい。
その声を聞きたかったのか。
あい・たい。
その声を出したかったのか。
春の別れも出会いもなくて
あいかわらずのから騒ぎ
弱い者から突き落す。
変わったことなど何もなく
藍色の星雲の

尻尾に跨る愛人が
来年の夏の消息を
夜明けの晩に遅配する。

あえ・ない

しろ　きいろ　みどり　くれない　あえごろも
月にあざけり　風にあざむく

あえるかと思ったけど、
あえない。
たこ、あなご、
きゅうり、豆腐、わかめ
塩を振って水を抜く。
下煮した具は
冷めてからザルに上げ、
汁気を切る。

でも、あえて、
あえない。
あえたらといわれても、
あえない。
遠くであなたが振り返る。
透明な海のなかに
離れて浮かぶ
あぶくのような島々。
死んだ蛍が肘のところに
しがみつく。
気のせいだ。
だから、
あえない。
ぜったいに

あえ・ない。

バーで

ヴァージン・ブリーズ下さいな
かすれた声が注文をする
あの人みたいに震えた声で
あの人ならば面白がって
別の名前を思いつく
ガミガミ婆の嵐がいいか
じゃじゃ馬の颪にしようかと
自虐じゃなくて
プライドさ

あの波間からもう一度
顔のぞかせてくれたなら
三度続けてかき抱き
三度続けて空の腕
科学者だったあの人は
四度目をトライするはずだ
ホメロスなんてどうでもいい
息のできない渦の中
あの人の名を呼んだけど
ウェブの水にも映らない

会食

時々二人で食事する
肴は腑分けされた
二人のからだ
切り分けて
分かち合って
二人のからだを
二人で食べて
二人がまた強化され
きょうだいでも
親子でも

恋人でも
夫婦でもない
この世にたった二人きりの
二人になる

奇妙な習慣

毎週、水曜日の夜は、あなたの一緒に帰りましょうよ、に促されて、エレベーターにいつも一緒に乗ったものだった。一階のドアを出ると、帰り道は分かれていた。それがあなたの一緒に帰りましょうよ、だった。毎週、一緒に帰りましょうよ、があり、五分も経たぬうちに別れた。くだらないおしゃべりをして笑ったら、もうエレベーターのドアが開く。それじゃまた、さようなら。何が目的で、一緒に帰りましょうよ、を繰り返すのか。地震と関係あるんだろうか。あの日あなたはどこにいたのか気軽に聞けばよかったか。ありふれた話題。海にも発電所にも遠いところにいた人たちなら、何の危険もない話題。でも本当は、その人が海や発電所からどれぐらい遠くにいるのか測るのは、とても難しい。蟬が鳴き始める前に、前触れもなく退職し、一緒に帰りましょうよは去った。一緒に帰りましょうよの夜はいつも必ず雨だった。この世の終わりまで止まないような、夜をいっそう暗くする雨だった。毎週、一緒に帰りましょうよ、をして、同じエレベーターに乗り、おしゃべりをして、笑い声をあげて、ではまた明日、御機嫌よう、世界の終わりを見る日まで。あれは習慣、あれは儀式、何のための、誰のための。

軽業師

まだ中学生なのに
町一番の軽業師
うっとり見ていた看護師が
「怖いもの知らずね」
とささやけば、
「怖いものなどここになし」
と漁師が胸を張って応える。
笑いどよもす老若男女。
よちよち歩きの赤ちゃんは
つまずいたり転んだりして大騒ぎ。

まだ歩けない赤ちゃんも、
踵で空を蹴り上げる。
演技を終えた少年は
「僕、あの時だって、うまくやれたと思うのに」
そう、もちろんうまくやれたと知ってるよ。
あの晩、君を裏切った
電信柱は海の底
天の瞳の無言と無力
水仙の花が咲く前に。

魂と夜

郊外の高架下の
廃墟のような闇の中を連れ立って歩く。
月が昇っても顔立ちは見えない。
あなたは知らない。
昨日一緒に帰った人も
おととい一緒に帰った人も
姿かたちは違ってもみんな私だったことを。
優しい人
自分の可能性を
ことごとく自分で潰して、

自分が不幸になることで
身近な誰かを守ってしまう人。
あなたは希望、
あなたは未来。
おまじないのように繰り返すと
驚いたように見開いた目で
誰なのか確かめようとしたから、
私は目をそらした。
こんな姿になってしまって——。
魂だけならあなたと少しも変わらない。
ふさわしい容れ物がないだけなのに。
生きていた頃もそれは同じで——。
長い夜
あなたと連れ立って歩く夜だけ

魂が喜んで鈴を鳴らす。

どこなのかわからないほどの電飾に魂だけになるまで歩く
畳みかけるようにあなたと呼ぶときに晒されてあなただけが知らない

II

古い桜の木の下で

「こんにちは」と口火を切って
一人きりの空間にずかずかと上がり込み
わたしは話のきっかけを作るために
たくさんのパラグラフを用意した
へたくそなパラグラフ
パラグラフ同士の関連性が稀薄で
redundant
出会いそこない
近況報告とか噂話
最終講義とパーティが始まるまでの二十分間

中年の
少しくたびれた
二人の子持ち同士の
十三年ぶりの邂逅
いや、全然ちがう
私たちは殺人事件の記事として
ここに座っているわけじゃない
たまたま同じ年頃の子どもの親であることに驚いたとしても、
一族郎党引き連れて（心理的、精神的な意味でも）
この満開の桜の木の下で偶然出会ったわけでもない
どちらかが「パーティのあとで二人きりで別の店で」と切り出しても
おかしくはない自由な大人

ジェイン・オースティンの小説『説得』のように

もう一度やり直したいというわけじゃなく
人として向き合ってみたかった
その願いがかなって
静かに本を読むにも誰かと語り合うのにもちょうどいいこの四阿で
あなたの姿を見いだした
古い桜の木の枝が地面すれすれまで撓って
大きな鳥かごのように（いいえ、そんな閉塞感はない）
サンクチュアリ（と呼ぶ方がふさわしい）
イギリスのようにリスはいないけれども
すずめも鳩もおとなしく愛らしく
おいでといえば近寄ってくるし
追い払えば遠慮する
サンクチュアリ
世界中が眠っている間にたまたま目を覚ました二人のように

でも
私たちの心と言葉はさっきから隔たったまま

自分の自立した世界をもった女の連れ合いは
今やほとんど例外なく自分で自分の身仕舞いをするので
昔なら妻帯者とは思われないような
くたびれた格好をしている
そう思いながら量販店で買ったような男の靴を値踏みし
裾から覗いた靴下のほころびを見つけて
汚れた袖口から覗いた太い指を見て、ふと思った
私はこの指を知らない
日本語の「知る」ではなくて　英語のknow
「そしてアダムはイブを知った」（And Adam knew Eve his wife.）
あんなに優しく愛し合った恋人の指を知らないとは

しずかな驚き
それでは「知っている」というのは
何年か連れ添った夫婦がお互いのことをいう言葉なのか
私が知っていて、これからも知り続けていくのは
ひとかかえもある紫陽花の花束が
魔法のように出てきた黒い鞄と
庭で一心に紫陽花を摘んでいたはずの
男のまぼろし

ビッグ・ソサエティ　大きな社会

請求したマイクロフィルムの箱を二つもらって
「初めてだから使い方を教えてくれ」と言ったら、
マイクロフィルムを見る部屋に誰かいるから
そこで聞いてくれと言われた。
スタッフがいるのかと思ったらそんな人はいなくて、
私の隣で自分の仕事をしていた人が親切に教えてくれる。
電源を入れてフィルムをセットして角度を変えて、
こうすると先に進む、こうすると戻る。
「ありがとう」。
閉館十五分前にフィルムを取り外すときも

斜め後ろで仕事を終えた人に
頼んで助けてもらった。
これが「ビッグ・ソサエティ」ということか。
政府や公共サービスはどんどん小さくして
予算が足りない分、スタッフが足りない分は
社会のボランティアが補うんだ。
そう言えば
今朝タクシー乗り場でも同じ事があった。
杖をついてやっと歩いている女性のために
買い物のカートを押してきたのは、
店の人でも知り合いでもなく
たまたまレジで隣に並んだひとらしく、
ここから先は任せたとばかりに
もう大丈夫でしょと言って、カートを押して退場する。

タクシーが来ると
運転手がスーパーの袋三つと鞄を車に入れて
列の一番目にいた男と二番目の私が彼女に肩を貸す。
「頭をぶつけないようにね」
「ほら、すぐそこに椅子があるよ」と言ったって、
「膝が動かない」とおびえた様子。
どうにかこうにか座らせたら、
「誰か私の家まで一緒に来てくれない」だって。
そこまではとても付き合えない。
キャメロン首相、
あなたが掛け声をかけなくたって、
ビッグ・ソサエティはこの国に存在済。
これ以上ビッグ・ソサエティに頼ったら
破綻する。

コリンデール　大英図書館新聞部

百五十年前の週刊新聞一年分を綴じた、
重い冊子を最高四部ずつ
指定された席まで運ぶのが彼と彼女の仕事。
サンキューを言う利用者もいれば言わないのもいる。
古代ローマの、学者貴族に奉仕する奴隷じゃないか。
こんな仕事がいつまでも続いていいはずはない。
だからというわけではないが、
オリンピックの年までには電子化されて
新聞本体は誰も行かないような遠い貯蔵庫に運ばれる。
自分の目で検索するとき

立ち上がるコンテクストに出会う喜びは
黄ばんだ新聞の活字を追う目の疲労に
十分に報いてくれるけれども。
さよなら、新聞の時代、
さよなら、紙に刻印された活字が
脳を喜ばせた時代。

車窓より

朝の光の差し初めたケンブリッジシャーの野を
列車は北に向かって走る
麦畑、菠薐草畑、キャベツ畑
朝の見回りに出たお百姓さんの気分だ
まちがっても暢気な領主の気分ではない
(いつも雲ばかり見ている
ぼうっとしたおかみさんで
家系にお姫様なんぞいないのに
上手に畝が作れない
だけど丈夫な子どもをぽろぽろ産んで

産んだそばからすぐ働ける
曲がった野菜もめっぽう旨い）
そんな女が私の祖先
やっと芽が出た、花が出た
鋤き返したばかりの明るく赤く光る畑土
ウナギの町クロムウェルの町
イーリーを流れるウーズ河よ
Vigorous Wooze, run softly, till I end my song
走る列車のリズムで生まれる詩想は
ラップトップを開く頃には消えている

君の待つアジアの果てまで繰り畳ね焼き滅ぼさむ天の火われは
鍬ひと鋤きの働きもせで旅の朝バナナ二本とラテをいただく
十五夜の月に伸びゆく二筋の飛行機雲を追いかけてゆく

Bon Appétit

For the first time in fourteen days in Cambridge
I gave in to the hidden desire and went to a Chinese shop.
Joyously did I come back with tofu, miso, dried fish and laver.
Put them in a Heffers' coffee cup, add boiling water and stir well.
Dried headless anchovy from Thailand must have made an exquisite soup,
but the first sip of it brought me strange feelings.
It was as if I had met my mother on a foreign street at dusk
after a very long separation for some mysterious reasons,
and asked her absentmindedly, 'May I have your name, please?'
Looking away from her sad, old face,

I was sorry and ran away.

さあ召し上がれ

ケンブリッジ滞在十四日めに初めて
私はひそかな欲望に負けて、中国人の店に出かけた。
喜びいさんで私は帰った、豆腐と味噌と煮干と海苔を買って。
ヘファーズ*のコーヒー・カップに入れて、お湯をそそいでよく混ぜて。
タイ産の頭をはずした干しアンチョビーからはいい出汁が取れたはずだが、
最初に一口すると、変な感じが広がった。
まるで、不可解な理由で長いこと離ればなれになっていた自分の母親にたそがれ時に異国の通りで出会って、
うっかりして、「どちら様でしょうか」と尋ねてしまったかのような。

母の悲しげな年老いた懐かしい顔から目をそむけて、
私は申し訳なくて、逃げ去った。

＊ヘファーズは英国ケンブリッジにある老舗書店

古いレシピ　祖母の物語

女中奉公していたときに
蠟燭の火の下で急いで書いたレシピ
アメリカ人の母親と二人きりで
日本に育った主人（あるじ）のために
ブラウニーだかマフィンだか
何だかそんな名前のものを
教わるままに作っては
ちびた鉛筆で書き付けた。
さまよえる彫刻家、
ランドスケープ・アーティストのために。

五人の子どもの母親になり
売り物にならない苺がバケツ一杯
二十年前のレシピを思い出す。
物置の奥にあるはず、あの帳面は。

かあちゃん、わかる？
かあちゃん、見つけた？

雨で重くなった木の扉こじ開けて
古本の束の中から引っ張り出した帳面に
レシピはたしかにあったけど、
日の光に曝したとたん
鉛筆書きのその文字は
瞬く間に飛び立って

ナメクジの歩いた跡が光って消えた。

カリフォルニア・ホテル

お世辞にも上手な絵ではないけれど
ロンドン、キングスクロス駅前の
カリフォルニア・ホテル
食堂の壁とすべての部屋の
額縁なしのキャンバスに
好きなように描いていいよと
言われたときの
画家の喜び
地下食堂の
朝日の届かない窓枠に塗られた黄色

III　恋愛萌芽研究詩集

年下の恋人へ

古いアルバムを開いて
この頃お会いしたかったですなんて
言われても困る。
こんなに美しかったと驚く瞳に
かつての私を差し出したところで
そこに写った姿は過去の世界のどこにもありはしない。
紙の上ならもっと上手に書けたかもしれない言葉を
たまたま口から出したときの
一瞬の表情をカメラが上手に捉えただけだ。
結局のところ美しさや時間についての

二十歳と五十歳の認識の違いは埋めようがない。
君に今の私を差し出しても
容易に開く温かい入り口は別として
恋する心はいつも瑞々しくて若いということは
たぶん君には理解されない。
だからこううそぶいておこう。
君に恋しているわけじゃない、
若さに恋しているのだと。

やわらかいもの

大きくて温かくてやわらかいものがほしくて
寝苦しい夢ばかり見る。
大きくて温かくてやわらかいものなら
本当は私だって持っているのに
どうしてわざわざ他人様の
大きくて温かくてやわらかいものが
ほしいのか。
それをちょっと貸してもらうことで
初めて、自分も
大きくて温かくてやわらかいものを

持っているのに気づく。

亡霊

うっかり手を出したら
台無しだ。
びっくりさせるだけではなくて
すべてをなかったことにされてしまう。
きょうだいのような
親子のような
自分の延長のような
不分明な関係であるゆえの
居心地の良さ。
ぺどふぃりあ。

ねくろふぃりあ。
愛しているなら傷つけるなよ。
ぺったりと柱にまだくっついている亡霊を
引き剝がして
トイレに捨てる。

水

君への思いがあふれて
月経になった。
半世紀前に生まれた卵と
生まれ立ての精子。
遠からず水に溶ける瞳が
水を勢いよく吸い上げて伸びる
若い髭を見つめている。
いつまでも王座にしがみつく
老王。

貧しい日本語

どうして
そんなに丁寧で綺麗な日本語を
話すのかしら。
口ごもり
乱れる
私の貧しい日本語が
愛の言葉をささやかれたように
恥ずかしがって、
何でもない言葉を聞いても
ただ無言でうなずくだけ。

秘密

あなたの名前が
私の名前と
きれいに韻を踏むなんて
誰も気づかないから、
まるで気のない返事みたいに
二つの名前を
こっそり空に泳がせてみる。

少年

先に帰そうとしたら
一緒に帰りましょうよと言う。
だから毎回忘れ物をしてしまう。
小さな失敗談とか
武勇伝とか。
たった一、二分のことなのに。
あどけない
少年の
楽しみ。

許す

たぶん
あなたに許すと思う、
あなたを許すのじゃなくて
あなたに許すと思う。
わかってもらえないの？
それなら
あなたに許しようがない。

夜

陥れるつもりもなく
陥れる先兵として派遣されていたとしたら。
仕掛けるつもりのない
仕掛け屋として
仕掛けさせられたとしたら。
横たわる白い剣（つるぎ）が
動かされることはなかったのに。
無言の夜が
取り囲む。

償い

作る人ではないとわかって
しんとする。
これ以上奪うわけには行かない。
作ることで償えるだなんて
誰が考えた嘘っぱち。
でっち上げ。
瓦礫を歩いた君は
破片を振り上げて
建物を一瞬に現前させた。
君が詩にしないものだから

借りを残した。

おしゃべり

転がり落ちる坂道で
追いつき
追い越される。
そのほうがよかった。
知らない誰かと
文字でおしゃべりされるより。

夢占い

「この鏡を、こなたにうつれるかげを見よ。
これ見れば、あはれにかなしきぞ」

どこに行っても
似た人ばかり、
水を渡っても空を飛んでも。
だからあなた、
お祓いをしたほうがいい。
取り殺してしまう。

（引用は『更級日記』より）

音楽

紙の手紙ではないから
握りしめたり
匂いを嗅いだり
頬ずりしたりできない。
あなたの名前も
私の名前も書いてない。
文学と思想の話しか書いてない。
でも、
独り言ではなくて
呼びかけている。

静かに発光する文字を
開くたびに
音楽が鳴り出して
薔薇が開く。
これ以上望まない。

夢とヴィジョン

一緒に行こう、来年の夏
あの村の一軒家に。
ヨーロッパ・カフェ・バーに泊まって
朝一番の長距離（コーチ）バスの音で起こされて、
ブラックプディングを紅茶で飲みこみ、
阿片窟という料理屋の前でバスに乗る。
のんびり川岸を歩いて
ときどき立ち止まっては
木漏れ日の下で本を開いて
声に出して読んだり、

追いかけっこしたりしながら
自然の秘密をなぞってみようか。
夜が更けるのを待って、
星明かりの下
異なる思想の婚姻について語りながら
いつまでもすわっていたい。
来年の夏、二人で、
来年の夏。
それまで傍らにいてくれるだろうか。
背伸びしたかかとをふるわせて
見えない未来に目を凝らす。

葦原

人間の形になって
まだ二十年。
もう五十年になる私より
ちゃんとした受け答えができる。
私が見苦しいことをしても、
静かに諫めてくれるだろう。
きっと七十年前に
私が葦原を走り回る
狐だったときも、
獲物が近づくのを待っている

小さな蛇だったにちがいない。
狐の心臓が水に溶けてしまう前に
人間のからだのままで
蛇の心臓の鼓動を
感じてみたい。
魂になれば同じだとは
思えない。

教えてほしい

どうして私相手に
アプリにあるような占いをしたがるのか。
それよりもあなたが
向こう見ずな勇気の持ち主なのか
臆病者なのか
教えてほしい。
私がおいでと言ったら
どこにでもついてくるのかどうか。

心の友へ

ありがとうございました、
心からの忠告を。
でも、人魚姫には
何を言っても聞こえません。

Ⅳ　短章集

言葉

呼吸のように
口から出て
そのまま消えたの
咲いたなんて
気づかなかった
あなたが拾い集めて
花束にしてくれるまでは

うざい

剝き出しの正しさや真剣さが
身近にあることが
どんなに「うざい」か
ぐらいはわかる
だから
眠りに入るまでの半時ばかり
胃がかきむしられる

勘定

損得を考えないひとがいることに
驚かれている
こわいものなしだよ
ひとと違うことに
苦しまないかぎりは

樹になろう

生まれ変わったら
樹になろう
樹が目覚めるのは
夜中だけ
轟轟と音とどろかせ
団太団太と足踏み鳴らし
行き暮れた
旅人だけを驚かす

いない人

自動放送で
繰り返し呼ばれている
今はもう
いない人。
迷惑をかけられたと
苛立つ人が
後を絶たないので、
迷惑をかけた人を
日付が変わるまで
何度でも

あの世から呼び戻す。

たどりつかない

うさぎじゃないのに
このうさぎ、
蛇に呑まれろ。
呪われて
身動きできない。
たどりつかない。
女領主はもういないのに
睨まれて
黒い麦畑の雨に濡れながら
パークの裾野に迷い込む。

撃ち殺されても
文句は言えない。
うさぎだから。
人間なら乗り物で来る。
車の扉を開けるにも
身体は使わない。
歩いて来るのはうさぎだけ。
人間じゃない。

明け渡す

まだ明け渡す
勇気が出ないのです
明け渡すには
体力が要ります
空っぽの
ただの入れもの

V

お母さんの死

人が死ななくなった
というわけではないのに
冬の喪服の袖に手を通すのは
二十年ぶり
〈僕ハコンナニ悲シイノニ
ミンナドウシテ　オ寿司ナンカ食ベレルノ〉
奥さんとしてお母さんとしてしか
知らなかった人が並ぶ
焼香の列の斜め前に置かれたのは
家族旅行のおどけたポーズと

お父さんと知り合う前の髪を垂らした少女の日の写真
一人息子の同級生はスキー合宿で留守だから
子どもは隣の学区から来た生徒会の二人だけ
黒づくめの大人ばかりが静かに順番を待ちながら
「幾つだったの?」
「五十前。たぶん僕らと変わらない。だけど子どもがまだ小さいって」
小さいと言われた彼はとっくに声変わりして
金子みすゞの雲の行列をたぶん見ている
焼香の手順を何とか思い出そうとして
前の人たちの所作を気づかれないように窺っていると
ひとり白薔薇を捧げた人が
「彼はきっとこの試練を経て大きく成長するよ」だなんて
「帰天」という言葉があって
「帰天」を喜ぶ儀式があることを知ってはいても

〈二十四歳ノ命ヲ振リ絞ッテ生キタノニ
「イイヒトデシタ」ナンテ英語デ言ワナイデクレ〉
振り返ると
小学校の担任の先生だ
「助けて下さい」
両手を強く握りしめ
肩を抱き合って泣く
〈今日泣クカラ明日（アシタ）カラマタ生キラレル〉
女の僧の読経から
声明きらりと立ち上がり
音楽として美しい
悲しいのは
受験の朝にお母さんのお弁当がないことでも
〈ダッテM君ノママ離婚シテ出テ行ッチャッタシ〉

一人っ子を残していった親の無念を想うからでもなく
近い将来、喜びの日に
ああお母さん見せたいなあって
龍になった母が切り開いた
広々とした新田に
龍の子太郎が腹の底から叫んだように
よろこびを分かち合いたいお母さんが
いないと気づく日を想うから

池の氷を割りに行く

冬の土曜日は、自転車で西河原に出かける。図書館で、昆虫とゴジラの本とビデオを返してから、また別の昆虫とゴジラの本とビデオを借りて、自動販売機で僕たちは「クウ」を、ママは「コッコウ」を買う。(うちではなぜかココアと言わない。) そして、公園に飛び出していって、公園の池の氷を確かめる。

池のそばの大きな石にこしかけて、ママはガサガサと袋を開ける。「おばちゃんのパン屋さん」で買ったのは、焼きそばパンと、ジャムの入ったメロンパン。パン屋のおばちゃんは元日にしか店を休まない。先週、パパと行ったら、「お宅の奥さん、いい奥さんだね、あたしゃ大好きだよ」とヤクルトをくれた。今日のおまけは十円ガムと、舐めると色の変わる飴。お休み日には、ガムを先に食べてもいいし、パンを歩きながら食べたっていい。口をもぐもぐしながら歩いて行くと、池のすみで鴨が日向ぼっこしていたから、おどかしてやった。真ん中の深いところの赤いのは、金魚かな紅葉かな。氷の中で金魚も凍っているのか、泳いでいるのか。石を投げて穴を開けても、金魚は泳ぎだし、氷が割れる前から泳いでいたのか、割ったから泳ぎだしたのかはいつまでもわからない。「なかなかいい表現力が育ってきたねえ」とママは言う。でも、そのあとで、「いつになったら、頭の中で漢字に変換できるようになるんだろ」と笑うから、ちっともほめられた気がしない。少しお腹がくちくなると、弟とゴミ溜めの落葉の山の中から、使い物になりそうな木の枝を拾ってくる。弟は、自分の背丈の三倍もある桜の枝を選び出す。長すぎると思うように振るえないのに、弟にはまだわからない。氷の上でエイヤッと枝を振るうと、今日の氷は厚すぎて、枝がすべって、氷の上にひっかき傷ができるだけ。ママは石の上で不機嫌そうに本を読んでいる。学級委員だったたっていうけど、先生がいけませんと言っても、池の氷を叩き割る女の子だったことを、ぼくは知っている。

青空

子どもたちが大きくなるまで
何とか持ちこたえてくれた
雑木林と畑とが
代替わりで売れてしまい
夕焼けに目の眩んだ甲虫が額にぶつかることも
蟇蛙が庭にお礼に来ることもなくなった
町が明るくなるのと引き換えに
心の闇が広がったという
安易な説には頷けなくても
死に際に友人知人を訪ねても

気づいてもらえなくなった
という愚痴ならわかる
出張のついでに寄れる距離じゃないと
液晶画面に面影が差したり
何気なく触った書棚から
古いエッセイのコピーが出てきたり
そんな形でさよならをして
春の滲んだ青空に
そそくさと昇っていった人たちに
少し遅れて手を合わす

疼く

十二月六日。
一瞬のことだった。
八王子で授業を終えて
モノレールに乗り
国分寺の大学に講演を聴きに行く。
雨上りの大学通りで滑った
と思ったら
尻からズドンと着地した。
尾骶骨を打たず
脳震盪も起こさず。

それでも
五十年以上生きてきた
身体の重さを受けとめた
尻の痛みと言ったら
たとえようもない。

十二月二十一日。
高揚させる映画だった。
正義はなされた。
死者の名誉も回復された。
犠牲は大きかったが、
民主主義は守られた。
ところが
映画館を出て

北風に吹かれたら
催涙弾に直撃された痛みが
不意に襲ってくる。
慌てふためいて
珈琲店に避難する。
水拷問で責められたら
一家惨殺を目撃したら
こんな痛みではすまないのに。

大晦日。
自転車で買い物に出ようとしたら、
あれ、
近所のおじいさんが
必死で前に進んでいる。

何かから逃げるみたいに。
頭が割れて流れた血が
乾いてべっとりついている。
こんにちは、どこへ行くんですか
と声をかけると、
家に帰るんだと答える。
方角が逆ですよ。
どんどん、どんどん遠ざかる。
お宅はこっちですよと言っても聞かない。
からだに触れると振り払う。

「うちのには言わないでくれ
買い物で留守の間に
勝手に出たとわかったら

老人ホームに入れられる。」
老人ホームなら目の前にある。
たまたま出てきた職員が
電話をかけて消防車が到着する。
病院に行きましょうか。
いやだ、家に帰るんだ。
ずんずん、ずんずん遠回り。
おじいさんは消防署の人に任せて
私は留守宅で
息子の連絡先を探した。

翌日
おばあさんが
菓子折をもって御礼に見えた。

甘いものなら
傷が痛むおじいさんに
食べさせてあげてほしいのに。
私はといえば、
殴られたわけでもなく
殴ったわけでもないのに、
疼きひびらく
尻餅の尻。

乾杯　開かれた社会に向けて

高校無償化と子ども手当について、まず注意すべきことは、この政策がこれまでの世帯単位の社会保障とは違い、個人単位の社会保障への転換という新しい発想のもとになされているということである。誰が親であるかを問わず、その子どもが最低限の教育を受ける権利として、同じ額の社会保障費を受け取ること。この社会保障政策の精神からすれば、日本の各種外国人学校のうち、朝鮮高級学校のみ高校無償化の適用対象から除外することは、その政策の趣旨からしても正当化はできない。

二〇一〇年になっても、われわれはいまだに前世紀の不完全な人権意識を引きずっている。平等な社会を作るための民法改正法案すら提出できない状態が続いているのである。

いかなる時代に生き、どのような未来に向かっているのか。世界視野で見れば多様性（diversity）の時代に生きていることは疑いようもないのに、われわれは相変わらず周りの顔色を窺って、できるだけ目立たないように汲々と生きている。風穴を開けたい。

序詞

弱い者いじめをするな
子どもたちを矢面に立たせるな
親たちとその親たちが
支払うことを怠ってきた過去の負債を
子どもたちの世代にだらだらと背負わせるな
いじめてもいいという公認のしるしを与えるな

＊

ケンブリッジで一番国際色豊かなカレッジの
夕食のダイニング・ホールで外交官のNさんを見つけた
ここにすわってもいいですか
一緒にいた法学部の二人の学生と自己紹介し合う
中国からです、韓国からです、日本からです、どうぞよろしく

最初は互いの出身地のいいところ探し、それから
韓国の人と詩人のユン・ドンジュの話をしたいと
ずっと思ってきたので、
つい熱を入れて話して、驚かれた
まさか日本人が読んでいるなんて
彼の残した本を古本屋さんで探す運動をしている人もいるよ

ロンドン育ちのコリアン。実は韓国のことはあまり知らない
ユン・ドンジュも教科書に載っているから暗唱させられた
強制されると、いい詩もいい詩に思えなくなる

すると、在英十年もう故郷には帰らないという
メインランド・チャイナの若者が反論する
暗唱すると心にしみこむよ
キングス・カレッジの中国人詩人の石碑を見た？
え、知らない。何ていう詩人？
紙ナプキンにボールペンで書いてくれる。「徐志摩」
どんな詩ですか、読んでみて
彼、そらで高らかに朗唱する
意味はあとでWikipediaで確かめて

うちの父は日本に留学してたの
ふーん、そうなんだ
でもその頃のこと何も話さないの。こわくて聞けないよ
一九七〇年代ぐらいかしら（嫌な思いをどんなにしたことか）

ふざけた話もたくさんして
いろんな単語を漢字で書いて、
中国語と朝鮮語と日本語で発音し合って、
三回も乾杯をして、その夜は別れた
ご馳走はなかったけれど晩餐会のようだった

こんな円居に北のあなたもいつか参加してほしい

夜中に届くYou Tubeの映像

「軽軽的我走了　正如我軽軽的来
我軽軽的招手　作別西天的云彩」＊
明日は二十問から三問選択、
三時間の期末論述試験だ

＊徐志摩「再別康橋」より
ひそやかに僕は立ち去る　ひそやかに来た日のごとく
ひそやかに手を振って　　西の空の薔薇色の雲に別れを告げる

砂金　詩人ユン・ドンジュをしのぶ会

さえざえと晴れた月夜の
井戸水に映る自らの
情けないほど無力な若さを憎んでは
哀れに思っていくたびも戻ってきた彼が
池袋から京都の大学に移ったあとで逮捕され
福岡に移送されて
もう二度と戻ってこない
その学舎で六十年以上も経って
彼を偲ぶささやかな会が開かれる
学生のいない二月の日曜日のキャンパス

ステンドグラスが正面中央にあるだけの
慎ましいチャペルで
中国の、北朝鮮の、韓国の、日本の、
朝鮮語を母語にする人たちから敬われる詩人をしのぶ
死後の栄光に包まれながら
「こんなにもたやすく詩が書けることがはずかしい」と
今もはにかんで笑っているような詩人に
帝国日本が与えた罪状は
母語で詩を書いたことだけ
「頑健な二十七歳の死は
おそらく人体実験によって」
という短い記述
十字架上のキリストのように
最後にひとこと大きく叫んで絶命したと

正直に遺族に伝えた獄吏がいたとしても
日本人として頭を垂れる
十年前、授業のあとでこの中庭で繰り返し
日本語訳であなたの詩を読み上げたことも
許して下さい
原詩と日本語訳と英語訳で朗読される詩の
英語訳のぎこちなさから察すれば
日本語訳では掬い取れない原詩のエッセンスが
さらさらと砂金のように
こぼれ落ちては光を返す

クサカゲロウの越冬

二月初めの夜半、寝室に上る階段の壁に、うす緑色の虫が気配なく止まっているのを見つけた。例年になく寒い冬にどうしてこんなところにいるのか。もう死んでいるのか。よく見ると、長い触覚が静かに呼吸するように動いている。

クサカゲロウ。

生きていた時には会ったことのない人が、転生して会いに来たように思った。

そう言えば、秋の終わりに、玄関先の白梅の木の低い枝に、うどんげの花があった。しずくのように垂れ下がったあの卵が孵って、幼虫から成虫になり、開いた玄関から頼りない羽根でゆっくりと飛びながら入ってきたのか。

クサカゲロウの幼虫は、アブラムシを大量に捕食することで知られている。昨年は寒くなるまでにアブラムシが何度も発生した年だった。梅や雪柳の枝や葉にびっしりと密集した。指でしごくと、指が黄色く染まった。

新幹線にも飛行機にも乗れない重苦しい夏だった。二つの学校の仕事のすき間を縫うようにして、大学図書館の書庫に飛び込み、アナキストの金子文子関係の文献を渉猟し、論文を書いた。雷が近づき、激しい雨音がして静まった頃には虫がすだく夜になっていた。一つぐらい贅沢をしたいと思って、連れ合いを誘って音楽堂の演奏会に出かけた。

アブラムシが年に何度か飛来するというのは、感覚的には今もよくわからない。上空から何かをめがけて飛来するのか、それとも飛来してたまたまそこにあった枝や草に降りるのか。雪虫もアブラムシの仲間だという。

渡り鳥ならもう少し感覚的にわかるような気がする。子どもの頃は祖母の家の庭で高い空を見上げると、雁の群れが悠々と渡って行くのが見えることがあった。絵本の中で読んだばかりの雁の渡りだった。

振り返れば、二十八歳で最初の歌集を出版し、五十七歳でエッセイ集を出版した。現代詩と短歌と俳句という現代日本語の詩のうち、もっとも早い時期から書いていた現代詩を、六十歳を目前にしてやっとまとめることになろうとは、思ってもみなかった。高校生のとき大学祭に行き、大学に入学したらここに入ろうかと思った詩のサークルのある大学に入学しなかったのが、一つの岐路であったのか。大学の混声合唱団で仲間たちと歌い、二十歳を過ぎてから短歌を中心に表現活動を行ってきた人生に、悔いはない。

短歌とは異なる、詩に表れた種々の「私」の相貌を、読者の皆さんはどのように受けとめて楽しんで下さるだろうか。作品たちの出会いの幸運を願っている。

最後に、本書の出版にあたって、北冬舎の柳下和久さんにお世話になった。御礼申し上げる。装丁の大原信泉さんにも感謝申し上げたい。

二〇二二年三月　　ヒヤシンスの香る夜に

大田美和

初出一覧

Ⅰ

あ・い　［文藝別人誌］「扉のない鍵」第４号／２０２０年11月
あえ・ない　同　第５号／２０２１年11月
バーで　未発表
会食　未発表
奇妙な習慣　未発表
軽業師　未発表
魂と夜　『カザンミ　東風平恵典遺稿・追悼集』２０１５年４月

Ⅱ

古い桜の木の下で　「北冬」№００２／２００５年７月(＊)
ビッグ・ソサエティ　大きな社会　同　№０１４／２０１３年４月(＊)
コリンデール　大英図書館新聞部　同
車窓より　同

Bon Appétit　さあ召し上がれ（２０１０年度、英国ブリッドポート賞 Supplementary Prize受賞）***The Bridport Prize Anthology 2010***, Redcliffe Press, 2010／日本語訳の初出は、「Wolfson Review」（ケンブリッジ大学ウルフソン・カレッジ同窓会誌）№35／２０１０年(＊)

古いレシピ　祖母の物語　未発表

カリフォルニア・ホテル　未発表

Ⅲ　恋愛萌芽研究詩集　「北冬」№０１６／２０１５年６月

Ⅳ

言葉　「北冬」№００９／２００９年5月

うざい　未発表

勘定　未発表

樹になろう　未発表

いない人　「文藝別人誌」「扉のない鍵」第2号／２０１８年11月

たどりつかない　同

明け渡す　未発表

V

お母さんの死　「北冬」No.009／2009年5月
池の水を割りに行く　「未来」2004年2月号
青空　「北冬」No.009／2009年5月(＊)
疼く　[文藝別人誌]「扉のない鍵」第3号、2019年11月
乾杯　開かれた社会に向けて　『朝鮮学校無償化除外反対アンソロジー』2010年8月(＊)
砂金　詩人ユン・ドンジュをしのぶ会　「北冬」No.009／2009年5月(＊)
(＊)は『大田美和の本』(北冬舎刊、2014年6月)所収

著者略歴

大田美和

おおたみわ

1963年(昭和38年)、東京都生まれ。著書に、歌集『きらい』(91年、河出書房新社)、『水の乳房』(96年、北冬舎)、『飛ぶ練習』(2003年、同)、『葡萄の香り、噴水の匂い』(10年、同)のほか、既刊全歌集、詩篇、エッセイを収録した『大田美和の本』(14年、北冬舎)、エッセイ集『世界の果てまでも』(20年、同)、短歌絵本『レクイエム』(画・田口智子、97年、クインテッセンス出版)、イギリス小説の研究書『アン・ブロンテ―二十一世紀の再評価』(07年、中央大学出版部)などがある。現在、中央大学文学部英文学教授、専門は近代イギリス小説、ジェンダー論。2019年4月より中央大学杉並高校校長を兼務(22年4月現在)。

おおたみわししゅうにせんよん にせんにじゅういち

大田美和詩集 二〇〇四—二〇二一

2022年5月15日　初版印刷
2022年5月25日　初版発行

著者
大田美和

発行人
柳下和久

発行所
北冬舎

〒101-0062東京都千代田区神田駿河台1-5-6-408
電話・FAX　03-3292-0350
振替口座　00130-7-74750
https://hokutousya.jimdo.com/

印刷・製本　株式会社シナノ書籍印刷

ISBN978-4-903792-80-4　C0092